邊境巡航

馬祖．．
印象座標．

方群

馬祖，我的第二故鄉

方群

其實我是道道地地的臺北人，生在臺北，長在臺北，讀書在臺北，工作也在臺北。超過半百的歲月悄悄流逝，除了臺北，我只曾在另一個地方生活過近兩年的光陰，那就是——馬祖。所以說馬祖是我的第二故鄉，其實也不為過。

說起我和馬祖的因緣，時間得倒回到近三十年前。民國七十七年的十月下旬，我和數百位受完新兵訓練的戰士們，莫名其妙地在基隆韋昌嶺，準備前往一個大家都知道卻又不想說出口的地方，隔天是國定假日，大夥兒心想應該不會開船吧！哪曉得竟收到緊急出發的命令，每個人揹著黃埔大背包趕到碼頭邊，就這樣注定了兩年漂泊異鄉的刻苦生涯。

搭船應該是所有外島兵的夢魘，不論是五字頭的運輸艦，或是二字頭的登陸艦，差異其實不大。記憶中，風平浪靜的旅程屈指可數，驚濤駭浪的煎熬卻是理所當然。船甫出基隆，搖搖擺擺的考驗隨之而來，菜鳥們率先發難，接著會迅速傳染，除了當地百姓和老兵，幾乎無一倖免。所以開船前半天最好禁食，不然除了吐完所有沒消化的食物之外，還有一滴滴掏盡的胃液和膽汁，等到感覺前胸貼後背的乾癟磨擦，就可以乖乖地躺在吊床上隨海浪晃蕩。多次的經驗告訴我，一無所有的身軀，也許就是讓暈眩嘔吐噁心腹痛等疑難雜症無從下手的關鍵。

我的駐地是馬祖北竿坂里，北竿是第二大島，卻擁有一座詭異的大道機場，而政經交通的核心則在第一大島——南竿。馬祖主要有十個島嶼，分別是東莒、西莒、南竿、北竿、大坵、小坵、高登、亮島和東引、西引，行政區則劃分為四鄉五島。還記得十幾歲就讀師專時，每年或多或少都會有來自馬祖的保送生，有的是南竿，有的是北竿，有的則是東引，那些地理名詞當時都離我很遠，沒想到的是有一天居然會活生生地出現在身邊。

馬祖的晚上很黑，因為有燈火管制；馬祖的冬天很冷，因為緯度偏高；馬祖的物資匱乏，因為土地貧瘠；馬祖的生活單調，因為軍事對峙。在那個「漢賊不兩立」的時代，不小心或刻意的誤射砲擊仍時有所聞，構工或訓練意外也不時頻傳，每一條生命都很珍貴也很輕薄，一陣風吹過或是一縷煙飄起，都可能帶走幾位我們曾經熟悉的朋友。

然而我畢竟卑微地存活下來，跟緊前輩的腳步，緩行；隨著大家的吐納，呼吸。在外島，槍砲是你最親近的夥伴，卻也是最容易致命的惡煞；在異鄉，艱苦的訓練是為了生存，但訓練也經常斲傷肢體。能存活的都是英勇的戰士，但我們的敵人卻始終隱匿藏身。

時間一分一秒地向前走，用它公正的速率與所有人的感受無關，春去秋來，花開花落。老兵會逐漸離開，新兵也將源源而來，一個一個的饅頭終會被數完，那些載我們來的船艦，也將載我們離開。仲秋登陸的約定，也將在兩年後的初秋離開，我在島嶼間輾轉，學習獨立生存，並證明了屬於自己的嚴苛成年禮。

民國七十九年八月，我以一介平民的身分離開北竿，說會思念，不免有些矯情；說不記得，其實違背人心。這近兩年的戎馬生涯，迄今仍是我生命中最特殊也最難忘懷的一段歲月。除了立志繼續升學，化知識為力量之外，在服役末期所撰寫的〈北竿島組曲〉（新詩），更在民國八十年《聯合報》第十三屆文學獎中獲得殊榮，隨後並收錄《北竿鄉志》，成為馬祖書寫的重要代表。馬祖歲月的生活經驗與體會，不但是我日後創作的重要養分，也是鼓舞我持續深耕文學的活水源泉，若沒有這段難得的異域經歷，我的人生又會如何？

退伍之後，穿梭於學業與工作間，我一路念完大學、碩士及博士，工作也從國小、國中而轉換至高職、大專。民國九十年，我進入國立臺北師範學院（國立臺北教育大學）語文教育學系（語文與創作學系）服務，因公務之便，得以與諸多馬祖保送同學朝夕相處，日後也曾多次回訪諸島，進行輔導訪視，既有重遊舊日的慨嘆，也有新見詫異的欣喜。那串散落在閩江口外的珍珠，曾是多少英雄的依戀，也曾是幾許壯志的飛揚？

如果有人問起，馬祖到底在哪裡？我會直接地告訴你，那是我的第二故鄉。雖然我還是聽不懂半句的俗語方言，也始終難以理解道地的風俗民情，但那是我曾經誓死捍衛，以及逐夢飛翔的堅忍土地，過去如此，現在如此，未來仍依然的永恆承諾。

【詩集自序】

在邊境回望青春

方群

《邊境巡航——馬祖印象座標》是我正式出版的第七本詩集，也是書寫範圍最集中，時間跨度最大的一本地誌詩集。從一九九一年的〈北竿島組曲〉開始，直到二〇一七年的系列新作，前後醞釀發想近三十載，穿越了年少青春的夢想，也連結了中年回首的凝望，斯土斯民，永存我心。

除了個人無法忘懷的感情因素之外，這也是一本計畫書寫的典範呈現。「卷一：思念啟碇」由十首刻劃新兵離開臺灣前往馬祖心情的「藏頭詩」組成，在創作中顯現文字掌握與情意抒發的巧妙結合。「卷二：島嶼巡禮」選擇四鄉五島為書寫的藍本，偏向對土地的體悟感念，也以十首為限。「卷三：晨昏定省」屬於在地生活與風俗作息的觀察反映，分以十個子題代表。「卷四：片羽微言」是個人第六本詩集《微言》體式的再嘗試，但取材概以馬祖為本，得詩十五則、三十首。「卷五：吾土吾民」則收錄〈臺灣珍稀生物筆記〉與〈時移事往〉兩首長詩，這些作品雖和馬祖沒有直接關係，但因是服役生涯所衍生的創作，也算是那個時代的重要紀念，故一併收錄於此。

當兵是我們那個年代男孩所必經的蛻變過程，在馬祖的兩年歲月，更改變了我的志向與人生。如果時光可以重來，我相信選擇不會更改，愈是艱苦的淬煉，才能打造浴火的精鋼；愈是不凡的經歷，才能譜寫動人的樂章。如今年過半百，重新品味過往，自是有更醇香的回味飄揚。

最後，還是要感謝我的第二故鄉——馬祖所給予的營養，以及評審委員的青睞和文化局的鼎力相助，讓這本詩集能順利出版。身為一個創作者，我能回饋的方式其實有限，除了不停地寫，還是不停地寫，以堅持的信念——和僅存的筆。

CONTENTS

卷一 思念啟碇

卷二 島嶼巡禮

卷三 晨昏定省

卷四 片羽微言

卷五 吾土吾民

卷一

思念啓碇

離開基隆在飄雨的那個夜晚

離別是一首沉痛的歌
開始唱的最好別是自己
基地裡
隆隆的卡車進出焦慮
在傾斜的山坡
飄起，比
雨更冷冽
的不安預感

那些年輕的怯懦
個個面面相覷，聽
夜色瀰漫失焦的眼眶
晚鐘來襲

一路航向未知且遙遠的姓名

一旦開始就不能回頭
路是搖擺的浪
航線由腸胃擴散
向甲板上旋轉的頭顱
未來的準星
知道你垂掛的兵籍密碼
且無限延伸向
遙遙無期的鴻雁往返，某個

遠的不能再遠
的陌生國度正在前方晃蕩
姓，滑動似海
名，凝結如霜

醒後聽見曙光照亮一絲鄉愁

醒來又睡著又醒來
後，意識陷入搖擺的漩渦
聽汽笛嘶吼高八度的狂野
見怪不怪的南腔北調
曙色迷離，穿透
光撫摸遊子冰冷的背脊
照射夜空溫暖的雙眸，是
亮晶晶的閃爍燈火

一寸寸絞勒、糾纏
絲與絲凹陷的胸口，來自
鄉村的孩子不想品嘗，逾期
愁怨堆疊的發酵痛楚

仰望某種難以攀爬的故事

仰著頭的詭異姿勢，頻頻
望向夢泊岸的地方
某年某月某日某分某秒
種下一株光陰的苗，轉瞬
難忘的音符衝刺
以光的速度逃離
攀越眼眶間隔的柵欄
爬過升起慾望

的陡峭山巒
故意留下一點點點點的回聲，是
事件悄悄融化的青春漬痕

所有認識與不認識都在夢中碰撞

所以你已經相信
有人習慣用天氣的模式愛你
認清遲到的雨季
識別不友善的突襲信風
與其他難以猜測的任性濕度
不都是一場場反覆彩排的精心演出？
認不認得全無所謂
識相的顧客

都接獲委婉的指示：請
在打烊前轉身離開大門，據說
夢的邊緣容易割傷
中間偏右的傷口
碰了一鼻子的灰，又持續——
撞開滿天璀璨的星斗

體溫下沉如地球垂落

體會這島嶼的無情飄搖，任性
溫存潰爛的雙腳
下意識的反射，漸次
沉沒成口腔黏膩的翻攪
如一盞赤裸的燈，光溜溜
地越過
球面的另一次破曉

垂下胸臆的斑駁
落款在殘破掛軸的眼角……

季風吹拂砲彈遺失的高度

季節總是容易忽略
風言風語的瑣碎提醒
吹往南方的霧霾
拂去一些晴天刻意的憤懣
砲火的領域即將攻陷
彈丸之地頻頻升起怨念
遺忘在戰地的日記彷彿重複寫著
失去名字

的同袍，仰望
高人一等的刺眼肩章，仍盤據
度日如年的匍匐信仰

歲月碾壓逐漸彎曲成透鏡

歲修的腳步踩在岸邊的礁石
月亮臉的男孩已經很久很久沒有回家了
碾麥子的石磨
壓在倉庫的尷尬邊緣
逐一清算著
漸次變形的清秀臉孔，放眼
彎彎的海灣，就這樣
曲曲折折的摺

成一張不完整的等高圖
透視生命簡單的輪廓
鏡子裡的自己正被夜色融化……

倒數退伍如神仙穿越

總是被坑道裡埋伏的氣流絆倒
殘存的生命寥寥可數
過度曝曬的灘頭漸次後退
曾經擁抱的行伍
汗腺和淚液始終相如
我膜拜自己的神
等待飄然成仙

看一隻鳥如利刃刺穿
聽一首歌似榴彈飛越

登艦後還原生命的航向

關於我們持續的攀登
魚貫隱身在咳嗽的登陸艦
耳語傳說封存直到N年後
預支的愛情仍沒有人雙手奉還
嚴酷的季風騷擾記憶底層的荒原
運補官計算壓艙光陰的前世今生
不能更改的平衡宿命
精準的

在曙色突襲前倉促啟航
選擇眼眶難以痊癒的方向

卷二

島嶼巡禮

北竿島組曲

．白沙港．

多霧氣的笛聲
輕輕
劃破港口的漁燈
走出去的
是這麼一個罹患風濕的男人

等了好多年
只有風
吻過的貝殼沙灘
能懂
故事的開始與
　　　結束

‧一〇九觀測所‧

觀測所上
所有的二等兵都含著眼淚
射殺
聒噪的軍艦鳥

天氣總在思念時開始變冷
藍色的司迪麥少尉
壞脾氣的五〇機槍，一定
不懂
關於昨日
用限時掛號保值的匿名愛情……

・戰備演習・

比星期五還憂鬱的日子
我們用口糧投擲海浪
日落前，假設
會有一次想像的急襲發生

縱深陣地裡
寂寞是右手散失的溫度
在覘孔裡一直踱步的那個女人
終於大膽走出
退潮線內棄守的
廢
　雷
　　區

·后浪波·

被五七步槍擊傷的歲月
不知道名字該怎麼寫

哭了一下午的梅雨，長滿
指揮官發霉的綠色公假單

只有大沃山的據點尚未淪陷
一枚過時的照明彈
以火力的思考模式，悄悄
逆襲——
昨夜遺失在夢中的
第二性徵

重回北竿

讓風在我的身後，追逐
剝離年輕飛揚的夢想
距離與思念無關
記憶卻在遼敻的腦海裡悄悄騰湧

航向西北
從側面伏擊的陽光依然熾烈

輕率灼傷的底片無法還原，不斷
閃爍成海浪起伏的游移視線

尷尬的愛情仍沿著霧線盤旋
后沃沙灘的足跡是否還在等待船笛的回聲
我無言拋下難以對焦的模糊凝望
悠然告別——
那一抹始終朦朧的夕陽

後記：退伍迄今已十四年未曾重回北竿，日前因公務搭機往訪，未料濃霧瀰漫，來往盤桓二小時後，仍是原機重返松山，咫尺天涯，終究緣吝一見。

南竿記行

・之一　過八八坑道・

以熱情發酵
醞釀天地精華
悄悄交融歡笑落淚的記憶

在甕中
我們的感情
沉睡成另一種甦醒的姿勢

・之二 登鐵堡・

匍匐著
向海伸出的一隻手
緊緊掐住歲月的咽喉

槍聲早已靜寂
高低錯落的失焦覘孔
持續向流竄的遊客，逆襲……

‧之三 雲台山遠眺‧

穿梭在雲霧
凝視著遠去的背影間隙
點點漁火仍閃爍——
傳說的仙人究竟在何方？
一陣風颯然吹散
滿山蕭瑟的秋意

·之四 津沙望海·

刺眼的陽光繽紛閃爍
沿著沙灘鋪陳
彷彿是海市蜃樓的夢幻

一張張攤開的漁網
垂掛著晾乾的皺紋
等待歸帆

南竿聚落五詠

・福澳・

來自四面八方的思念
匯聚，海的湧動

·馬港·

慈悲的眼神，垂憐
蒼生浮沉的浪花

·津沙·

久藏的陳年佳釀
是夕陽斜照的閃閃金光

·鐵板·

堅決的意志，敲打
歷史冗雜的沉重回音

·牛角·

迴旋的風聲，往返刺穿
無端的思念仰望

東引記行六首

・之一　太白天聲・

播動的天聲
穿梭雲霧
共鳴詩仙萬丈的豪情

．之二　烈女義坑．

縱身躍下的傳說角度
是挺立魔掌之外的
貞潔光影

．之三　中流砥柱．

洶湧的波濤
越過思念的堤防
激盪生命堅持的簡單理想

‧之四　和尚看經‧

滾滾滔滔的紅塵過往
隨著梵唱，隱入
無言低眉

‧之五　鱷魚靜伏‧

蟄伏的眼神，悄悄
垂涎凝視
誤闖禁區的無知歲月

·之六　安東坑道·

潛入意志的地底
蜿蜒的巨龍
盤據，島嶼的心臟

航向北北西

——東引島記行

‧之一　東引燈塔‧

照亮水手的百年孤寂
是妳溫柔的撫慰

在擁抱的距離之外
瞳中泛著一顆閃亮的淚

·之二　一線天·

挺立天地的凝望
在狹窄的峭壁間逡巡
呼喊，記憶的回聲
你猛然應我以虎嘯

·之三　安東坑道·

光與影漸次消失
時間滾落在傾斜的掌心

伸手不見歷史的砲聲，依然
隆隆敲響耳膜的裂縫

‧之四　海觀龍闕‧

往返穿梭於時間的圖框
聆聽，一吋吋擱淺的慨嘆

無言侵蝕的思念拱門，掩埋
隨季風起落的喜怒與哀樂

·之五　燕秀潮音·

嘹亮的歌聲穿透雲霧
優雅的身軀迅速逸出視線的搜尋

翩翩的尋覓展翅天際，切割
晴雨交織的瞭望領空

東莒采風

．之一　大埔石刻．

昔日的戰役已在碑後落幕
槍砲仍在眼前森羅
我們與惡劣的天候拼搏
陣風迅速自兩翼包抄

九級浪輕易越過濱海的防線
酒精駐守的體溫據點
那薄弱的鄉愁總輕易淪陷

‧之二　犀牛嶼‧

讓想像來到無垠牧場
攤開徜徉的藍色草原，一角
劈裂摩西分海的咒語
頂開交匯東西的
暗潮

．之三　東犬燈塔．

默默蹲踞的獨眼巨人，洞悉
往來戀情的祕密航道
以天地見證的蒼涼誓辭
信守百年凝結的閃爍

西莒隨想

·藍眼淚·

穿透海水
在夜裡偷偷啜泣
總有些刻意穿鑿
總有些莫名藉口

‧燕鷗‧

從不曾沉默
聒噪地，追求
盤旋眼眶
散布或遠或近的獵物

‧坤坵沙灘‧

依稀是那年宿醉的背影
晚點名後
我們用軍階堆疊明日的
朝陽

‧青帆‧

擁抱之後，你
離開的腳印很快就淡了
像是一口枯乾的井
斷絕晃漾迴響……

夢回高登

這是最迫切的寧靜
落單的望遠鏡已被季風包圍
密集的防護射擊照亮夜空
失戀仍隱身夢魘伺機偷襲

依舊等待陽光靠岸的日子
過期的報紙雜誌罐頭口糧書信假單以及裝備保養……
當下一波浪湧起的剎那

彷彿有幾隻越界的海鷗——
叼來初春想像

註：高登原名下目，是北竿數座離島中面積最大，也是馬祖列島中距離大陸最近的島，極具戰略價值。

亮島・人

其實你們並不孤單，諸位
與寂寞戍守的百姓或戰士
八千年前走過的痕跡
也在港澳礁石坑道營房間穿越

穿越的是一樣的鄉愁，那種
來自異域頻頻流失的體溫
在浪與浪的縫隙

錯位的雙瞳都曾在偏僻的一偶
閃
亮

後記：二〇一一年馬防部為慶祝登島六十周年展開活動，旋發現多處貝塚乃展開挖掘，亮島人於同年十二月十九日出土；隔年七月，亮島人二號也在貝塚附近現身。經考古學家推斷，亮島人屬南島語族，其中一具經碳十四檢測，距今約八三〇〇年，是南島語族遺骸年代最久遠者，也是臺灣人類考古的重大發現。

卷三

晨昏定省

馬祖美食巡禮

‧鼎邊糊‧

濃稠地混雜，一匙匙
攪拌熾熱歲月的
甘鹹

・繼光餅・

穿越殺戮戰火
懸吊的轆轆飢腸
有種吞嚥的過乾阻塞

・佛手・

不必頂禮膜拜
在岩礁或灘頭
以腸胃渡化眾生

·竹蟶·

隱藏柔嫩的纖纖玉指
是淘洗生命的
勞碌奔波

·老酒黃魚·

敲開腦海凝結的回味
悠遊氤氳酒精
漫步味蕾天堂

・紅糟鰻・

用昨日的夕陽渲染
炸一鍋大海的油
纏綿爆香

・魚麵・

某種相逢異鄉的心悸
穿越浪的洶湧
匍匐麥的律動

·地瓜餃·

讓砲彈耕耘貧瘠的泥土
暗無天日地蔓延
時代的味道

解憂三味

·馬祖老酒·

難以回味的陳年
以記憶的糯米堆積
那些融入眼底的風雲

·東湧大麴·

一把鋼刀
筆直切開嘴巴喉嚨胃腸及呼吸
瞬間，燃燒

·青島啤酒·

以輕薄的鋁罐
偷渡海峽的金黃氣泡
今天，陽光清淡

戰鬥工兵

——一九八八～一九九〇

·植椿·

狠狠敲下
土地鑲嵌的位置
交叉布置
糾結流亡的軍旅刺絲

·連結·

大小是非都可以纏繞
固定任何疏離的陌生
這是
手的單純技法
繩的任意魔術

·工事·

阻滯所有思念的進攻
在習慣等待的堡壘
來自四面八方的槍林彈雨
向防線凝結

．地雷．

一顆顆隱藏的憤怒
等待不期而遇的碰觸
躍起
如天女散花炸開涅槃

．爆破．

附著或者穿透
我們持續偽裝穩定的樣子
那些必須摧毀的粉身碎骨
點燃生死

運輸五題

·LCM·

仰天敞開
滄海中渺小自足的
靦腆

·忠誠號·

赤膽照亮四方
揚起大轟
緊貼浪的肩膀

·慈航輪·

在島與島的眼眶
普渡
眾生的喜怒悲苦

·AP艦·

用最快的速度劃開
返鄉或離家的
浪漫

·S七〇C·

偶而傳來的震耳迴旋翼
是海鷗鑽雲穿霧的
意外降臨

射擊三憶

·驅離射擊·

用三點放的頻率驅逐
你頻頻越界的遐想
那偶而命中的
是無心親吻的
流彈

・防護射擊・

想像可能侵犯的每個角度
張羅無懈可擊的交織火力
在預設的航道
等待鋼鐵鍛造的軀殼
自投羅網

・歸零射擊・

屏息，擊發
檢視或左或右或上或下的落點

清空覘孔模糊的眼睛
脫靶後
人生，重新歸零。

娛樂三寫

．撞球．

一次又一次
在體制裡碰撞反彈
反彈在體制裡碰撞
碰撞反彈在體制裡
一次又一次

．撲克牌．

用未知的明日下注
頂多輸掉過去和現在
（那些早已經贏不回來的）
是口裡尚未點著的
配銷長壽

．小蜜蜂．

飛翔閃躲射擊消滅……
飛翔閃躲射擊消滅…………

飛翔閃躲射擊消滅⋯⋯⋯⋯

只是一條食物鏈

只是一條食物鏈的詮釋而已

信仰四種

‧天后媽祖‧

所有的神蹟都平凡
在沒有靠山的無垠海洋
您編織一張堅實穩固的網
慰藉離鄉打拚的渴望

註：媽祖是大陸東南沿海地區最重要的海神信仰，相傳宋代湄洲孝女林默投海救父，背負父親屍體漂流至南竿，當地居民為此孝行厚葬並建廟祀奉，「馬祖」地名亦由此而來。

·白馬尊王·

用不同的白馬跨越時空
保境安民
慰藉島嶼小小的希望
以英雄的形象

註：白馬尊王為福州的鄉土神祇，源流多樣但形象相近，在馬祖列島處處可見。

．五靈公．

肉身渡化
瘟疫橫行的村頭巷尾
幻化，井的傳說
鋪陳莘莘學子的焚膏繼晷

註：福建自古瘴癘叢生，由「五通」衍生的地方瘟神崇拜，在馬祖各島也相當普遍，並已轉換成鄉土神的信仰。

·臨水夫人·

斬魔除妖
護佑童稚
遠離災殃劫難，等待
雙腳跨越成年的門檻

註：臨水夫人，姓陳名靖，人稱靖姑，唐福州下渡人，為安胎助產之神，亦為閩江流域普遍崇奉的神靈。

封火山牆

彷彿是過度誇張的手勢
兩側難以放鬆的緊繃肩膀
擔負人間禍福

指向天際的弧度
融合五行生剋，鎮守
澳口季風的窺探

於是就讓絢麗的色彩瀰漫
香火穿過家家戶戶
氤氳一代代虔誠的心事祝禱

註：封火山牆主要用途在防火，閩越地區因多丘陵地形，建築密度高，因此高於屋頂的牆面，可防止火勢蔓延，在馬祖列島的廟宇，處處可見此類型建築。

神話之鳥

——黑嘴端鳳頭燕鷗

不必學精衛銜土石填海
你的存在就是一則現代神話
穿過倖存的砲火倖存
以鳳凰的昂首睥睨眾生
從擁擠的平凡現身，相機裡
難以修飾的熟悉卻又冰冷

展翅翱翔海天之外的突變
盤旋島嶼絕美的流眄

後記：黑嘴端鳳頭燕鷗自一八六三年被命名後即罕有紀錄，數十年未見其蹤跡，國際鳥盟甚至認為可能已經絕種。一九九九年卻在馬祖列島的中島被偶然發現，唯目前全球總量仍少於五十隻，是傳說中的「神話之鳥」，並被世界自然保護聯盟列入全球最瀕危的一百物種之一。

下哨

接班的弟兄始終沒來
我已經習慣疑惑
背山面海的日子
是五十個寒暑的交替

總有些槍響
干擾喉嚨咳嗽的回音

可能是長官巡查的失眠腳步
不小心造訪

如果這是一輩子的寧靜戍守
也算是值得興奮的承擔
北竿潮濕陰冷的天氣
和基隆的山坡沒有兩樣

翻開黑幕的陽光實在刺眼，聽說
——有人要帶我回家
登陸艦沒有搶灘的姿態
天空卻閃現翅翼的翺翔

這一趟單程的客運航班
將從北竿熟悉的跑道返航
飛越腦海遼敻壯闊的無邊記憶
回家的路途遙遠但不再感覺孤單

後記：據二〇一七年二月十九日《聯合報》載：原籍基隆的徐姓上兵，於民國五十七年服役期間亡故，葬於馬祖北竿中興公園。當地居民發現孤墳埋沒荒煙蔓草五十年，久無親人祭拜，遂透過臉書尋覓，經基隆市政府協助查知家屬，並在熱心人士的協助下，終讓流落異鄉半世紀的遊子歸葬故鄉。

卷四

片羽微言

馬祖

〔馬〕

如此奔騰，卻是
一匹
島的形象

〔祖〕

先輩來的地方
有山有田有風有水
還有纏綿的
情

魚麵

〔魚〕

靈動的姿勢
穿透
舌尖起伏的饕餮

〔麵〕

滿足飢餓的線條
翻攪生命
韌性的綿延

航報

〔航〕

在島嶼間穿梭
彌補訊息斷裂的
心頻

〔報〕

以鉛印凝固
認真陳述
複寫歷史的掌故

鋼盔

〔鋼〕

據說可以抵擋一切
——除了塵埃的思念

〔盔〕

戴不穩的帽子
招搖一副
輪廓的戲子

宵禁

〔宵〕

離天亮還有多遠？
那一抹　光
我始終相信

〔禁〕

不能逾越，那些
桎梏殘存的疆域
封鎖記憶

行軍

〔行〕

任何一條路都可以
走
自己的方向，夾雜
眾人的目光

〔軍〕

用階級排序，有關
人的尊嚴
智慧的價格

雷達

〔雷〕

響徹雲霄的咳嗽
是慨然澄清天下的
迴響

〔達〕

就要到了——
他用手一指
目標就乖乖停在那裡

點名

〔點〕

睥睨著
睡不著的兵籍牌
盤算軍靴的重量

〔名〕

可以喚醒
是倒數計算的
報廢糧秣

坑道

〔坑〕

假裝埋了
但我仍然呼吸
　仍然思考……

〔道〕

果然四通八達
傳說的路，彷彿
都有人走過

老酒

〔老〕

疊起年紀，也就
成熟了
溫潤的
醇

〔酒〕

發酵之後
昔日的滋味
是熟稔的陌生

午沙

〔午〕

迫降的陽光
嘗試用不同角度
移動青春

〔沙〕

抓不住的
是絮絮爭吵的
流浪戀人

燈塔

〔燈〕

所有看不見的
你都試著照亮
背後的黑暗

〔塔〕

站在我的肩膀
瞭望這一段
夢的距離

雲臺

〔雲〕

不受拘束的
飄渺思想
是原始的隨意狀態

〔臺〕

永遠整齊的陣仗
有時預演
有時彩排

口令

〔口〕

吃差不多的糧食
說不太一樣的話
用痙攣的舌頭
咀嚼無奈的自己

〔令〕

比今天多一點的
未來，你想不到
會比今天多一點

旗手

〔旗〕

什麼都沒說
你順手掠過
風溫存的臉

〔手〕

揮一揮衣袖
把自己化做
一抹
斑斕的彩霞

卷五

吾土吾民

臺灣珍稀生物筆記

·之一　帝雉·

摘掉臘月最後一朵的雪花
春天蹣跚的腳步，隱隱
走過奧萬大的曲折稜線

匆忙的季節
把名字寫在你亮麗的彩羽

高傲的王者腳步，踩著
風光的傳說
而某種祖靈預言的下降氣流
卻在忐忑不安的隱伏心跳中
悄悄，徘徊躍動

在敏感的低溫耳膜之外
春雷，隱隱
那些來自莫名的恐懼與希望
已逐步迫近
你坦然的無心暗示
交媾我心中熊熊燃起的
野火

・之二　雲豹・

整個夏天的草原開滿了有毒的花
一隻疲憊的臺灣雲豹
抱著鏽斑的捕獸夾，跳著
我懷疑的舞步
像是某種無法證實的三步恰恰

沉思許久
午後的陣雨依然準時遲到
我偷偷私釀的一滴眼淚
在鼻梁與上唇之間

形成無意識蔓延的
季節性短髭

在這片充滿敵意的荊棘大地
走過恐懼的領域
效忠自信的蛇紋圖騰，然後
選擇流浪，或者
背叛食物鏈的吊頸繩
都是得必然承受的
奔逃與流竄

・之三　臺灣黑熊・

在原始森林可以包含的體溫下學會容忍
記憶中的熟悉體味，夾雜著
滿山燎原的孤寂烽火
那是來自父親專注的眼光
流傳在集集大山的不斷迴響
穿梭在軍用皮靴交錯的泥濘小徑間
一片真心袒露的V字形胸膛
仍尋找著遺失已久的閃亮童年

但羞怯的身影依舊向林班的深處探詢
不在乎的神祕油彩

塗抹著一葉葉夕陽的害羞臉色
翩翩落下
我疲憊不堪的飢渴思想
已緩緩睡去……

．之四　櫻花鉤吻鮭．

撥開濃重的，霧
在掌中盤桓成低調的螺旋
來來，往往
交織一幅神祕的基因遺傳圖
懸掛著千萬年的冰封詛咒

在記憶體不足的貪婪年代
我溯溪追尋殘存的櫻花鉤吻鮭
走過武陵最冷的一個冬天
在七家灣溪的源頭
水聲，頻頻喚我

水聲，頻頻喚我
我也向水聲呼喊擺手
繞過層疊山谷的共振回聲
空氣的呼吸頻率已有些沉重
在註銷戶籍的逾期居留權之後
我看見一群逃難的武陵人

沿著文明的汙濁河流
繼續，逆水而上

．之五　黑面琵鷺．

在遼闊的曾文溪口北岸
一群友善的黑面琵鷺掠過我失焦的長鏡頭
不夠優雅的姿勢
刁難我預設的曝光角度
難以取捨

夕陽繼續傾斜
生態保育和工業發展的纜繩依然僵持著唯一的極端

在退潮線的火力範圍之外
濕地的命脈隨著波浪的起伏
上上　　　　　下下

一滴傷心的眼淚來自遠方
貪婪的人們卻攥著魔鬼的手繼續走向海洋
所有膜拜異端的邪惡骷髏
把關懷掛在雕花的嘴上
把良心寄在地獄的邊緣
慢慢陰乾

‧之六　座頭鯨‧

曾經的曾經
在這方枯竭的靛青海域
是這樣尷尬而困難的寫法
在福爾摩沙綿長的退卻海岸線外
羞澀的座頭鯨，再次
擱淺
布滿血絲的絕望眼光
沒有理由的澎湃，持續翻攪
一頁頁不安的記憶

這不是刻意的潦草筆誤
只是標記著失敗的歷史古航道
在瀰漫的大霧中
你悄悄地游來

你悄悄地游來
游來，意外的偶然相逢
在我措手不及的等待圖框裡
死神的閃亮金幣再次揮灑我沉寂的腦海
在遙遠單調的水平線之前
一股鬱積千萬年的糾結怨悶
已隨著盤旋的十四級陣風
奮然，沖天而上

時移事往

‧之一　大龍街的舊宅‧

記憶，甦醒
並肩和太陽一起邁步
向童年的紀念碑走去
北淡線的火車嘶吼著向南急駛
翻捲起一地飄零的蒲公英
和我憂鬱蟄伏的早眠

還原後的時間是靜靜沈澱的黑白顯像液
輕輕，投影在平靜無波的湛藍腦海
榕樹上羽化的知了依舊唧唧嘶鳴
喚醒我遲疑的腳步，緩緩向前

緩緩，向前
我遲疑的腳步逐漸加快
迴旋的呼喚縈繞四周
靜止的景象開始倒轉遞換
風箏、竹蜻蜓、ㄤ仔標、橡皮筋、爛泥巴……
一切彷彿又回到童年裡的青鳥色彩
拖著鼻涕的卷雲

懷抱著永不褪色的繽紛晚霞，以及
香甜甘美的棒棒糖夢境

·之二　民權西路的榻榻米·

遲疑的骰子叮噹碰撞著父親的手腕
賁張的血脈爆裂出心事的底色
而景氣依然低迷
在銀行的鐵門碰壁之後，傷痛繼續
刻劃在父親倉皇疲憊的臉上

倒閉的狂潮陣陣拍擊著深鎖的家門
我們依循東北季風的警戒線撤退

懷抱著希望不死的殘存種子
在此，寂然落腳

俯仰屈伸的天地只有上下六尺
薄薄的夾板依舊在寒風中瑟縮顫抖
我們在榻榻米上堆砌未來的夢想
天真的
用言語持續加溫
看著蛋糕、巧克力、棒球手套、腳踏車、可口可樂……
徘徊在蠟筆彩繪的想像領空

而斑駁的現實環境卻依然赤裸冰冷
我們擱淺在流彈散射的白色年代

淚水是限量管制的奢侈品
只能在陰沉的黑夜裡獨自啜飲

·之三　天祥路的巷底·

走出漏水的傾斜天花板與龜裂的空心磚牆
沉重的債務紛紛支解如仲春的雪融
展開蟄伏的雙翅，我們翱嘯
遼敻的天空已折成一張小小的星座圖
從貧窮的街頭到小康的巷尾
短短的三十公尺卻走了長長的三十年

浴血的希望再次重生
閃耀的淚光折射成七彩的虹霓

昂揚的旗幟在風中起伏飄盪
出征的戰鼓也咚咚作響
冰箱、彩色電視、綠色的裕隆旅行車……
我們在五彩的鞭炮陣中猛踩油門
帶著些許的忐忑與不安
繼續駛向生命中另一個不可預測的巔峰
在那個先知預言的神話樂土裡
開滿等待希望的笑臉

·之四　復興南路的豪邸·

隨著股票的指數我們疾速挺進
以倍數累積的財富亦如登月火箭般直線
飆　　升
離開錯落擁擠的屋簷
在這棟恆溫恆濕的密閉空間裡
我們換上一塵不染的白西裝
以隨意的靈感草草推算
起落如謠言的必勝明牌

這是最龐大的賭注
也是最直接的秘方
在鄰近上帝心臟的談判桌旁
我們俯視這個逐漸被貪婪吞噬的年輕盆地
美酒、佳人、原裝進口的服飾與汽車……
忙碌的人群每天往來地獄和天堂
白天以靈魂向魔鬼預支財產
夜晚拿良心向上帝告解療傷

‧之五　臥龍街的隱居‧

滄桑之後
絢爛重回昔日的平淡與自然

在跌落谷底的票券背後
我們依序貼還代墊的幸福籌碼
以及日益稀薄的愛情濃度
日上三竿
我們始與慵懶相偕共行
優游於交錯的酒瓶與山色之間
過往如雲霧消散

而斜照的餘暉，依然
拖曳著歪斜的炊煙和迷途的歸鳥
明天是否依然亮麗？
我遲疑的看著遠方迷惑的彩霞
剎那——

一部歲月的馬車狂嘯奔馳
我忽然聽見童年的歡笑耳語
從旁，擦身而過

·之六　辛亥路的沉睡·

不見昔日革命的光輝
只有午後唧唧的蟲鳴
伴我

風起雲湧後
也將落盡繁華的春夢
裊繞的煙霧陣陣撲來

碰觸我記憶模糊的崩解碑誄
那斧鑿未竟的衷心告白

哎——
又是一個豪情不再的好漢
記得起五十年前的流水賬卻想不起昨天的晚餐
被風濕註冊的老關節
就這樣嘰嘰喳喳地響了幾十年
和著你逐漸遠去的「四郎探母」
飄然而逝

（嗚咽的胡琴聲依舊在雨中迴盪著故事的開啟與散落……。）

作品發表索引

卷一　思念啟碇

題目	報刊／期別	發表時間
啟碇二寫 離開基隆在飄雨的那個夜晚 一路航向未知且遙遠的姓名	人間福報	二〇一七・〇六・〇六
北竿憶往（四則） 醒後聽見曙光照亮一絲鄉愁 仰望某種難以攀爬的故事 所有認識與不認識都在夢中碰撞 體溫下沉如地球垂落	大海洋（九五）	二〇一七・〇七

走過歲月 　季風吹拂砲彈遺失的高度 　歲月碾壓逐漸彎曲成透鏡	青年日報	二〇一七・〇二・二一
退伍二寫 　倒數退伍如神仙穿越 　登艦後還原生命的航向	聯合報	二〇一七・〇四・〇七

卷二　島嶼巡禮

題目	報刊／期別	發表時間
北竿島組曲	聯合報	一九九一・〇九・二八
重回北竿	青年日報	二〇〇四・〇五・二二
南竿紀行	青年日報	二〇〇六・一一・二六
	葡萄園（一七三）	二〇〇七・〇二
南竿聚落五詠	吹鼓吹詩論壇（一一）	二〇一〇・〇九
	中華日報	二〇一一・〇六・二八
	乾坤詩刊（三一）	二〇一四・〇七

題目	報刊/期別	發表時間
東引紀行六首	中華日報	二〇一〇・〇九・二六
	吹鼓吹詩論壇（一一）	二〇一〇・〇九
航向北北西——東引島紀行	青年日報	二〇〇四・〇七・一八
	創世紀（一四〇—一四一）	二〇〇四・一〇
東莒采風		
西莒隨想		
夢回高登	青年日報	二〇一七・〇五・二六
亮島・人		

卷三　晨昏定省

題目	報刊/期別	發表時間
馬祖美食巡禮	海星（二四）	二〇一七・〇六
解憂三味	海星（二四）	二〇一七・〇六
戰鬥工兵——一九八八～一九九〇	野薑花（二三）	二〇一七・〇九
運輸五題	野薑花（二三）	二〇一七・〇九
射擊三憶	秋水（一七二）	二〇一七・〇七
娛樂三寫		

信仰四種	乾坤（八三）	二〇一七・〇七
封火山牆		
神話之鳥——黑嘴端鳳頭燕鷗	笠（三一九）	二〇一七・〇六
下哨		

卷五　吾土吾民

題　目	報刊／期別	發表時間
臺灣珍稀生物筆記	國軍第三十二屆文藝金像獎・新詩類銅像獎	一九九六
時移事往	八十八年度青溪文藝獎・新詩銀環獎	一九九八

語言文學類　PG1932　秀詩人21

邊境巡航
——馬祖印象座標

作　　者／方　群
責任編輯／徐佑驊
圖文排版／周好靜
封面設計／楊廣榕

發 行 人／宋政坤
法律顧問／毛國樑　律師
出版發行／秀威資訊科技股份有限公司
114台北市內湖區瑞光路76巷65號1樓
電話：+886-2-2796-3638　傳真：+886-2-2796-1377
http://www.showwe.com.tw
劃撥帳號／19563868　戶名：秀威資訊科技股份有限公司
讀者服務信箱：service@showwe.com.tw
展售門市／國家書店（松江門市）
104台北市中山區松江路209號1樓
電話：+886-2-2518-0207　傳真：+886-2-2518-0778
網路訂購／秀威網路書店：http://store.showwe.tw
國家網路書店：http://www.govbooks.com.tw

2017年11月　BOD一版
定價：200元

本出版品曾獲連江縣政府之補助

國家圖書館出版品預行編目

邊境巡航：馬祖印象座標 / 方群著. -- 一版. --
臺北市：秀威資訊科技, 2017.11
面； 公分. -- (語言文學類；PG1932)(秀詩人；21)
BOD版
ISBN 978-986-326-486-6(平裝)

851.486 106018718

讀者回函卡

感謝您購買本書，為提升服務品質，請填妥以下資料，將讀者回函卡直接寄回或傳真本公司，收到您的寶貴意見後，我們會收藏記錄及檢討，謝謝！
如您需要了解本公司最新出版書目、購書優惠或企劃活動，歡迎您上網查詢或下載相關資料：http:// www.showwe.com.tw

您購買的書名：______________________________

出生日期：________年________月________日

學歷：□高中（含）以下　□大專　□研究所（含）以上

職業：□製造業　□金融業　□資訊業　□軍警　□傳播業　□自由業
□服務業　□公務員　□教職　□學生　□家管　□其它______

購書地點：□網路書店　□實體書店　□書展　□郵購　□贈閱　□其他

您從何得知本書的消息？
□網路書店　□實體書店　□網路搜尋　□電子報　□書訊　□雜誌
□傳播媒體　□親友推薦　□網站推薦　□部落格　□其他__________

您對本書的評價：（請填代號　1.非常滿意　2.滿意　3.尚可　4.再改進）
封面設計____　版面編排____　內容____　文／譯筆____　價格____

讀完書後您覺得：
□很有收穫　□有收穫　□收穫不多　□沒收穫

對我們的建議：______________________________

____

____

____

請貼
郵票

11466
台北市內湖區瑞光路 76 巷 65 號 1 樓

秀威資訊科技股份有限公司 收

BOD 數位出版事業部

....

（請沿線對折寄回，謝謝！）

姓　名：________________ 年齡：________ 性別：□女　□男

郵遞區號：□□□□□

地　址：____

聯絡電話：(日) ________________ (夜) ________________

E-mail：____